AF331994

ANNIVERSAIRE

DE

LA BATAILLE DE CHAMPIGNY

DISCOURS

PRONONCÉ

DANS LA CATHÉDRALE DE TUNIS

A L'OCCASION DE L'ANNIVERSAIRE

DE

La Bataille de Champigny

LE 30 NOVEMBRE 1908

Par M. l'Abbé C. BENETTI

DIGNITAIRE DE CARTHAGE

CURÉ DE FERRYVILLE (TUNISIE)

TUNIS

IMPRIMERIE L. NIÉRAT ET A. FORTIN

15, Avenue de France, 15

1908.

ANNIVERSAIRE DE CHAMPIGNY

1908

EUX qui sont morts pour la Patrie, l'Eglise les ensevelit pieusement et splendidement, comme si le champ de bataille les avait grandis et promus à l'immortalité ! C'est qu'ils sont morts pour le devoir, et le devoir met toujours une auréole au front de ceux qui tombent en l'accomplissant. Or, l'amour de la patrie est au premier rang des devoirs imposés à l'homme.

Aimons l'humanité et, sur le précepte du Divin Maître, faisons-nous un devoir d'aimer nos semblables comme nous-mêmes. Un malheur arrive-t-il quelque part, en des lieux lointains, à des gens inconnus, ne le laissons pas frapper dans

l'indifférence, sans ressentir une douloureuse sympathie pour ceux qui en sont les victimes. Mais
que cet amour pour l'humanité n'affaiblisse en
rien notre amour de la Patrie. Celle-ci est déjà
une portion de l'humanité et elle nous tient de
plus près.

Notre Patrie, c'est cette terre que nos aïeux
ont foulée et que nous foulons après eux. Elle a
reçu leurs corps éteints et nous voulons lui léguer
les nôtres. Notre Patrie, c'est cette athmosphère
que nos aïeux ont respirée et que nous respirons
à notre tour. Elle est ce patrimoine historique
qu'ils ont bâti avec leur sueur ou leur sang et que
nous devons conserver intact pour le transmettre
intact à nos descendants. Comme nos ancêtres
nous ont transmis la vie, ils nous ont transmis ce
pays avec sa physionomie particulière, avec ses
monuments, ses travaux, ses gloires ou ses
malheurs, ce pays qu'on appelle la France et la
France doit nous être chère. Chaque pouce de
son territoire doit être considéré comme une fibre
nécessaire à sa vie ; chaque être qui l'habite comme un fils de la même mère. Comme l'âme ressent
tout ce que ressent le corps, tout français doit
identifier son esprit et son cœur avec l'esprit et
le cœur de la France, doit l'aimer jusqu'à verser
son sang pour elle.

Et c'est pour défendre la France que, le 30 novembre 1870, nos soldats engageaient la bataille de
Champigny. Nous étions en pleine période de
cette guerre qui nous a valu plus de gloire que de
succès. Quelles tristes souvenances, cette guerre
n'amène-t-elle pas à l'esprit des hommes de notre

génération ! Nous étions habitués à la victoire même foudroyante et nous nous trouvions en pleine défaite. La bravoure pliait devant le nombre ; les drapeaux reculaient déchirés par les balles et le sol sacré de la Patrie n'était plus inviolé ! Déjà, l'ennemi a franchi les frontières et a pénétré au cœur de la France, déjà il ne nous reste plus qu'à lutter pour l'honneur ; mais on luttera pour l'honneur et, à force de vaillance, la disputant à l'ennemi toujours supérieur en nombre, on s'attirera quelques sourires de cette victoire qui, telle qu'un mirage décevant, semblait vouloir se dérober sans cesse à nos armes.

Les Allemands assiégeaient Paris. Ce qu'on n'avait pas voulu envisager comme hypothèse était devenu une réalité ; malgré son pourtour de vingt lieues, la capitale de la France subissait un investissement qu'un ennemi enflé de ses victoires et sans cesse grossissant resserrait tous les jours davantage. Cependant on organisait la défense et quand on se crut prêt on essaya de faire cette trouée qui briserait le cercle de fer de l'investissement et permettrait de donner la main aux armées de la province.

Le général Ducrot s'y prit avec un plan qui combinait, en justes doses, la stratégie et la hardiesse. Notre armée devait passer la Marne en divers endroits à la fois et pénétrer dans la presqu'île de Champigny. Là se porterait également une division qui, appuyée sur Créteil, aurait contourné extérieurement, la boucle de la Marne. C'est ainsi que Champigny devint le point que deux armées se disputèrent avec un acharnement inouï. Les Français étaient au nombre de cent cinquante mille et avaient quatre cents bouches à feu. Tous les motifs qui peuvent exciter l'ardeur guerrière d'une troupe et la lancer contrel' ennemi, avec l'enthousiasme qu'inspire une sainte et juste cause avaient été rappelés à nos soldats dans la proclamation de leur général en chef. Songez, leur avait-il dit, que dans cette lutte suprème nous combattons pour notre honneur, pour notre liberté, pour le salut de notre chère et malheureuse Patrie, et si ce motif n'était pas suffisant pour enflammer vos cœurs, pensez à vos champs dévastés, à vos familles ruinées, à vos sœurs, à vos mères désolées. Nos soldats firent écho à ces paroles en marchant à l'ennemi, décidés à vaincre ou à mourir.

Les poètes épiques, au moment de l'action font mouvoir leurs héros dans un cadre étincelant. Ils se plaisent à les nommer ; ils parlent de leurs ancêtres, ils redisent les mots heureux qu'ils ont prononcés et ils chantent leurs grands coups d'épée. Quoique astreint aux réalités de l'histoire, je pourrais en dire autant, sinon que l'énumération des forces serait trop longue, la liste des héros indéfinie, les actes de bravoure ou les paroles sublimes trop difficiles à compter. Ces officiers qui commandent ont tous un passé fait d'honneur et de devoirs accomplis; le plus pur sang français circule dans leurs veines et ils ne demandent qu'à le verser pour la France. Ces soldats de toutes armes marchent au feu comme jadis aux fêtes, leurs yeux sont encore pleins des tendresses maternelles, mais aujourd'hui ils ont devant eux la vision de la Patrie en danger, et un soufle d'enthousiasme les entraîne au combat. Ils courent à la mort ou aux blessures ; mais ce n'est pas de cela qu'il s'agit aujourd'hui : aujourd'hui il s'agit de vaincre.

Le 30 novembre, le soleil se leva terne et sans éclat, comme s'il amenait à regret une journée qui devait être si sanglante. En effet, que de sang fut versé sur les quelques kilomètres carrés qui avoisinent la rive gauche de la Marne ! Qui relèverait le plan des opérations aurait sous les yeux une carte où la Marne surgit à l'est pour couler à l'ouest, rentre pour ressortir aussitôt et décrire une courbe gracieuse qu'elle interrompt à la fin pour s'en aller au sud. Dans la presqu'île qu'elle forme, ce sont des collines, des ravins, des pentes coupées de vignes ou des plateaux étoffés d'arbres. C'est Champigny, ayant derrière soi Joinville et en face Cueilly ; sur sa gauche, Chennevières et au nord le Four-à-Chaux, Villiers, Bry, Noisy-le-Grand.

A neuf heures du matin, deux corps d'armée ayant passé la Marne, sur des ponts de bateaux, commencent leurs opérations stratégiques. Le premier corps se lance dans la direction de Villiers. Nos soldats enlèvent la barricade élevée au-dessus du pont de Joinville, sur la ligne du chemin de fer de Mulhouse, refoulent les avant-postes saxons et débouchent sans difficulté sur le plateau de Villiers. La faible résistance qu'ils ont rencontrée les porte à croire que l'ennemi s'est laissé surprendre. Mais cela n'était de sa part qu'un recul pour s'appuyer sur le plateau de Villiers. Celui-ci est transformé en position formidable ; l'ennemi s'y réfugie à l'abri de tranchées ou d'épaulements de terrain, et de là, soutenu par une puissante artillerie, il envoie sur nos soldats un feu meurtrier. Nos soldats sont à découvert, exposés aux coups, sans espoir de voir l'ennemi s'avancer à leur rencontre. Que faire ? Ils s'élancent à l'assaut, bravant la mort et étonnant l'ennemi par une furie toute française. Si leurs rangs s'éclaircissent, ceux de l'ennemi ne s'éclaircissent pas moins. Mais la partie est inégale, et le général en chef juge opportun d'arrêter cet élan pour le combiner d'une façon plus utile.

Le deuxième corps opère à droite sur la ligne de Joinville à Champigny. Là, la résistance est excessive dès les premiers coups de fusil. L'artillerie allemande, établie au nord du plateau de Chennevières, condamne toute approche. Cependant, nos batteries lui donnent la riposte, lui rendent coup pour coup, permettant ainsi à nos bataillons de se déployer en ligne de bataille. Cela fait, c'est la marche en avant, c'est l'élan qui ne connaît pas d'obstacle. Un bataillon saxon occupe Champigny ; il faut l'en déloger et on le fait avec tant d'entraînement que nos soldats débordent le village, escaladent les pentes du plateau de Cueilly et n'arrêtent leur élan que devant les mêmes difficultés rencontrées à Villiers.

Si ce n'est pas une victoire, c'en est certainement l'aube, mais pour la compléter il faudrait enlever les parcs de Villiers et de Cueilly. On y pense et l'on s'y prépare pour le tenter le lendemain, quand l'arrivée du troisième corps rouvre les hostilités.

C'est alors que le 4ᵉ régiment de zouaves reçoit la consigne de tenter tout de suite un suprême effort contre le parc de Villiers. L'entreprise exige un effort surhumain. Il y a à gravir des pentes, à escalader des crêtes, à avancer sur un terrain découvert, sous un feu roulant, contre un ennemi décidé, lui aussi, à maintenir ses positions, et en outre fortement appuyé par tous les feux du parc. La charge est exécutée avec une superbe envolée ; nos zouaves avancent, avancent toujours sans qu'aucun obstacle posé par la nature ou par l'homme puisse les arrêter.

Ce fut un combat dans sa plus haute expression de vaillance et d'audace. Je n'ai jamais assisté à une bataille ; mais, combinant les récits lus ou entendus, je me l'imagine comme une dispute violente et sanglante entre hommes bien armés et savamment aux prises, les uns pour culbuter les autres. Il y a un point à occuper. Ce point dominera la situation, affaiblira celle de l'ennemi, permettra qu'on le refoule ou qu'on le batte. Alors comme par enchantement on voit des soldats converger vers ce point. Ils s'y prennent comme ils peuvent, utilisant les replis du terrain, employant tour à tour l'audace ou la force, mais toujours en marche vers le but. Des coups de canon ou de fusil marquent leurs pas ; on tombe, on se relève, on se soutient et la masse avance. Ce qui n'était qu'un échange de coups à distance devient une mêlée. Voilà des hommes aux prises, face à face, se donnant la mort. C'est comme un orage qui a éclaté violent et fatal ; rien n'y manque, ni les tonnerres des canons, ni les éclairs des poudres. La lutte s'enfièvre jusqu'au paroxysme : l'homme court à la mort, donne la mort, entraîné par la vision de la victoire dont l'idée toute puissante l'a saisi jusqu'au vertige. Enfin, un parti cède, l'autre reste maître du terrain. Ceux qui ont assité à un combat ne l'oublient jamais; ils s'en rappellent comme d'un rêve grandiose auquel ils ont pris part; ils ne se lassent de le raconter; on fait cercle autour d'eux; et qui n'a pas envié le rôle d'un homme qui a vu le feu dans une grande bataille ! Les combattants de Champigny ont eu ce beau rôle et celui, encore plus grand, d'écrire un des plus glorieux épisodes de cette lutte gigantesque qui fut la guerre de 1870.

La première journée de la bataille fut un effort à peine conciliable avec des forces humaines. Mais que dirons-nous de la journée du surlendemain, tout aussi pleine de combats, tout aussi coupée de luttes acharnées ? Après une journée passée dans la fournaise de la bataille, nos soldats campent sur les positions acquises. Mais le thermomètre marque plusieurs degrés au-dessous de zéro, et ils sont obligés de bivouacquer par une nuit noire, sur une terre glacée, sans couverture et même sans feu, tant les grand'gardes ennemies sont rapprochées. Et le deux décembre, quand la bataille recommence, la valeur de nos troupes se trouve constamment au niveau de toutes les difficultés qu'elles rencontrent. Les Allemands ont reçu des renforts et veulent à tout prix nous reprendre Champigny et détruire les ponts jetés sur la Marne.

Là dévaleront incessamment, obstinément, de nombreux bataillons ennemis, reposés, bien armés, soutenus par l'artillerie des parcs; nos soldats leur opposeront une résitance inlassable. Si jamais l'ennemi gagne du terrain, il lui est vite repris;

chaque pas en avant lui devient un recul et c'est
toujours les nôtres qui finissent par conserver le
dessus. Les deux adversaires se jetaient l'un sur
l'autre avec une fougue folle, il y eut duel d'artillerie, duel de coups de fusil, duel à la baïonnette,
acharnement de part et d'autre jusqu'à la lassitude.
De la droite à la gauche, a dit un témoin oculaire:
le village de Champigny semblait en feu ; des
meurtrières, des fenêtres, du clocher, des barri-
cades, des coins de rues, des haies, des vergers, la
fusillade se croisait de toutes parts.

Comme on l'a vu, la part des zouaves dans tous
ces combats fut celle qu'on devait attendre d'un
corps d'élite. Ils furent au premier plan, parmi les
plus braves. Le zouave, dans la pensée qui inspira
sa formation, devait être le type achevé du soldat
français, mais mûri au soleil d'Afrique. Il devait
conserver les qualités de la race : l'élan, l'enthousiasme, l'esprit chevaleresque, l'ardeur dans le
combat et la générosité dans la victoire. L'Afrique
devait lui donner une patine spéciale. Ce serait
comme un parfum d'exotisme qui va bien quand il
est recueilli sur place et qu'on en a été pénétré à son
insu. Et il en est sorti ce type de brave à part parmi
tant de braves que compte l'armée française. La
légende s'est attachée à ses pas comme au soldat
d'exceptionnelle valeur ; ses aïeux ont combattu
partout où l'on a agité le drapeau tricolore et ils
ont rempli nos annales de leurs prouesses. Aussi
quand le 4ᵉ Régiment de Zouaves parut à Champigny, il n'eut qu'à déployer ses qualités natives
pour captiver l'admiration. Les 22 officiers et les
400 hommes qu'en ce jour il sacrifia à son auda-

cieuse valeur restent comme une frise d'or sculptée sur les plis de son drapeau et qui porte en lettres immortelles : *Honneur aux Braves !* Ce beau fait d'armes devait non seulement occuper une page brillante de notre histoire, il méritait aussi d'être rappelé par ses héritiers. Tel le descendant d'un grand nom étale ses titres soit pour glorifier ses aïeux, soit pour montrer qu'il s'apprête à marcher sur ses traces.

La bataille de Champigny, si je devais la faire revivre dans mes souvenirs classiques, je la personnifierais dans l'Ajax d'Homère brisant l'impétuosité des Troyens au moment où ils jettent la flamme sur les vaisseaux des Grecs et se montrant brave jusqu'à l'insolence envers les Dieux ; ou je recourrais à Léonidas dans le défilé des Thermopiles et plus près de nous à la Vieille Garde se serrant autour de l'Empereur à Waterloo ; c'est le même courant d'héroïsme qui traverse l'humanité, touche à telle ou telle rive et la gratifie d'un exploit qu'il se plaît à mouler en chef-d'œuvre. La France est une des terres heureusement placées le long de son cours ; elle boit si souvent de ses eaux que les héros se pressent en foule sur ses rives. Suivez la courbe de son histoire : quelquefois, elle a pu fléchir sous le rapport des résultats matériels : toujours, elle s'est maintenue très haut au point de vue de l'héroïsme, du désintéressement, de l'attachement aux nobles causes. Souvent Paris a porté le double héritage d'Athènes et de Rome, toujours elle a été l'Athènes des temps modernes, c'est-à-dire un flambeau projetant au loin sa lumière et à laquelle d'autres se plaisent à allumer leurs falots,

L'histoire de France emprunte tout le temps des allures d'épopée et porte un ciel que sillonnent sans cesse des météores d'une gloire éblouissante.

Ce courant continue à couler à pleins bords même aujourd'hui. Le spectacle que j'ai sous les yeux est une preuve des grands attraits que l'amour de la Patrie exerce sur les âmes françaises. Les morts que nous honorons ne sont pas d'hier et leur souvenir est aussi vivant que s'ils venaient de disparaître ; c'étaient des inconnus et notre pensée va à eux comme à des frères ; Champigny, autrefois lieu géographique ignoré, nous attire maintenant comme un lieu de pèlerinage célèbre. Ces zouaves, morts au service de la France, nous sont chers et malheur à celui qui, par un oubli coupable, leur témoignerait de l'indifférence ; il encourrait tout notre mépris. C'est à qui, mieux mieux, leur témoignerait une respectueuse sympathie. Armée et Marine, peuple et clergé, tous n'ont au cœur qu'un sentiment d'immense pitié et de prière pour ces nobles défunts. Encore, ce catafalque où les emblèmes religieux s'harmonisent avec les instruments de guerre, cette élite de peuple, ces chefs de l'armée, ces autorités civiles, la présence spontanée de ce prélat avec sa couronne de prêtres, les regrets ressentis par le Vénéré Primat d'Afrique, que la confiance du Souverain Pontife retient loin de nous en ce jour, tout cela, c'est plus qu'un hommage à des morts, c'est un Pœan en l'honneur de héros.

Ah ! qu'aujourd'hui, je sens la faiblesse de ma parole ! j'eusse voulu savoir l'exprimer en poésie, l'imprégner de lyrisme pour que de si beaux exploits furent ciselés dans la plus belle des formes littéraires. Je m'en serais servi pour chanter les jours de 1870, sombres, mais irrisés de tant de vaillance et j'eusse chanté l'héroïsme des zouaves de Champigny mettant une si grande gloire à côté de si grands deuils.

Et c'est dans le même langage que j'adresserais à tous ceux qui combattent au Maroc, l'expression de nos sentiments de solidarité et de félicitations chaleureuses. Tous, Français ou indigènes, artilleurs, tirailleurs, zouaves ou marins, ont bien mérité de la France. Toutes les fois qu'ils combattent, ils le font avec un courage de lion, toutes les fois qu'ils en viennent aux mains, c'est un bulletin de victoire qui nous arrive. Chez l'ennemi, il y a la ruse, l'audace, la chevauchée folle qui déroute l'attaque et le mépris de la mort, qui étonne le sang froid. Tout se brise contre la valeur de nos troupes. C'est que les soldats de la France sont toujours admirables; leur départ pour la guerre fut une joie; leur conduite au feu, c'est de l'héroïsme, leur retour leur vaudra un triomphe.

Dans nos prières pour les zouaves, vous permettrez au Curé de Ferryville d'associer le souvenir des marins du *Farfadet* et du *Lutin* dont les figures connues lui viennent à l'esprit toutes les fois qu'il s'agit d'héroïsme.

Le monument de bronze dressé récemment sur une de nos places et qui dira à la postérité les noms de ces victimes du devoir, n'est encore qu'un écho affaibli de ce que leur doit la France. C'est que leur mort fut si tragique! Ils s'éteignirent d'une mort lente au fond des eaux, dans le tombeau où ils furent rivés vivants, selon la juste expression de Monseigneur l'Archevêque au jour des obsèques. Pourtant une mort si terrible n'était pas absolument en dehors des perspectives qui s'ouvraient devant eux. Mais l'amour du devoir leur faisait affronter volontiers cette perspective et envisager comme un exercice ordinaire la situation de s'embarquer sur un cercueil. Hélas ! par deux fois la mer ne nous rendit que des cadavres et dans une salle de l'Arsenal, transformée en chapelle ardente, assombrie par les pavillons endeuillés et les tas de couronnes mortuaires, nous eûmes à prier et à pleurer sur plusieurs rangées de cercueils.

Ces exploits nouveaux rattachés aux anciens, s'ils font scintiller l'auréole de la France, à travers les siècles, lui garantissent un avenir toujours plus grand.

Non, l'avenir n'est à personne, l'avenir est à Dieu, a dit un poète. Sans doute, l'avenir n'appartient qu'à Dieu, mais nous savons que Dieu l'arrange toujours au gré des nations tel qu'elles le méritent par leurs vertus morales ou civiques. Pareillement, nous savons que si l'homme s'agite pour le bien, Dieu le mène au succès.

L'idéal que la France a servi dans le passé n'a pas disparu de son horizon ; il y brille plus que jamais, Un chroniqueur du moyen-âge le trouvait en ce qu'elle accomplissait les gestes de Dieu dans le monde. Je n'envisagerai pas une autre destinée pour notre Patrie. Que la France continue à remplir le rôle que Dieu lui a assigné et en précisant ce rôle, qu'elle continue à être ce qu'elle a été : le vaillant champion de la Foi Catholique et l'ardente

semeuse des idées de justice, de paix et de liberté
et alors elle peut se considérer comme assise sur ce
char de victoire qui, par la voie triomphale, la
mènera au temple où l'humanité reconnaissante
inscrira un jour les noms des nations qui ont bien
mérité d'Elle.